Des astres

Bernard Conseil

Journal imaginaire de confinement

Des astres

Édition : BoD, Books on Demand
12/14 rond-point des Champs Élysées, 75008Paris
Impression : BoD - Books on Demand, Norderstedt, Allemagne

ISBN : 978-2-3222-3336-6

Dépôt légal : juin 2020
(réédition avril 2022)

Sommaire

La genèse de l'ouvrage

Journal de confinement d'un personnage

Dans le cadre de l'atelier d'écriture « la Plume et le Clavier » l'animatrice du cours d'initiation à la nouvelle, a proposé à ses élèves un dispositif d'écriture pendant la période de confinement (17 mars 2020 - 10 mai).

Il s'agissait d'écrire chaque jour le journal d'un personnage imaginaire. Il avait aussi quelques semaines devant lui. Il ou elle allait se retrouver confiné(e) pour la même durée que l'atelier, par choix ou contre son gré, dans les conditions et à l'époque choisies par chacun.

Jeune fille du XVème siècle enfermée dans une tour par un père abusif, jeune moine pieux se cloîtrant puis craquant au bout de quelques semaines, archéologue coincé sous un éboulement, personnage incarcéré (innocent ou coupable), astronaute bloqué en orbite.... L'imagination est ouverte.

Ce journal offrit à lire le quotidien du personnage mais il fallut aussi qu'avec naturel il livra un peu de son histoire (qui pouvait être rocambolesque ou très sobre). Il fallut distribuer au fil des chroniques journalières la quotidienneté – difficultés et joies – et les éléments plus globaux concernant la mésaventure du personnage (certains confinements n'empêchent pas d'être en lien avec d'autres humains).

L'idée a été de partager ce journal chaque semaine avec l'ensemble du groupe, que je tiens ici à remercier : Christel, ainsi qu'Agnès, Bertrand, Céline et Vincent.

Chapitre I

CONFINEMENT

Vendredi 27.03.20

Cette première journée en ce lieu m'a beaucoup fatigué et contrarié. Une fois le soleil couché, j'installe avec plaisir ma lunette astronomique et j'oublie mes soucis. Côté du couchant le croissant naissant de la lune se découpe dans le ciel toujours dégagé. Sur la faible portion éclairée par le soleil, j'observe sa surface tourmentée et ses cratères. Là-haut, l'astre n'a pas de peau lisse ! D'ici une semaine la lune sera gibbeuse, comme l'est aujourd'hui Vénus, beaucoup plus haute dans le ciel à cette heure.

Il y a quelques temps, elle m'apparaissait plus petite mais ronde, comme la pleine lune le sera dans une douzaine de jours. D'ici mai, la partie visible de l'étoile du berger se réduira à un croissant, mais l'astre apparaîtra plus gros. J'espère pouvoir suivre son évolution.

Sur ces considérations, c'est le moment d'aller se coucher. Le temps se gâte et les premiers nuages couvrent le ciel.

Samedi 28.03.20

Avec l'humidité qui revient, mes rhumatismes me font à nouveau souffrir, d'autant plus qu'ici il n'y a pas de moyen de se chauffer. Il me faut faire un peu d'exercice. Comme je ne peux pas descendre les escaliers et aller dehors, je suis contraint de marcher en rond dans la soupente dans laquelle j'ai trouvé refuge.

Heureusement que dans ma fuite, j'ai pu emporter ma lunette ainsi que toutes mes notes et dossiers importants en plus de mes livres préférés. Par contre, je n'ai eu ni le temps, ni la place pour prendre suffisamment de vêtements. J'ai préféré emporter de nombreux paquets de feuilles et tout mon matériel d'écriture et de dessin.

Ici, le confort est très sommaire, mais ce que j'apprécie vraiment ce sont les deux lucarnes opposées (l'une tournée vers le sud-est, l'autre vers le nord-ouest). Outre la lumière du jour, elles m'offrent la possibilité d'observer le ciel dans pratiquement toutes les directions. Toutefois, de grands arbres me cachent l'horizon, surtout côté ouest.

Je dispose d'un lit pas très confortable, de quelques étagères branlantes et de planches posées sur deux tréteaux avec un tabouret. C'est sur cette table que j'ai commencé à rédiger mon carnet journalier et à noter mes observations astronomiques. C'est aussi, sur cette même table que je prends mes repas.

Dimanche 29.03.20

Très tôt le vent a soufflé violemment et m'a empêché de finir ma nuit, il s'infiltre aussi sous les tuiles. Pourvu que je ne tombe pas malade ! En tout cas ma journée a été difficile, j'ai décidé de ne pas travailler, mais plutôt de lire et de déambuler sous les toits. En milieu de matinée, j'ai entendu au loin des cloches sonner appelant les fidèles à l'office.

Plus tard, quand la lumière du jour a décliné, je me suis couché sans attendre l'apparition de la lune ni celle de Vénus. Le vent soufflait toujours, puis je me suis endormi. J'ai cauchemardé que certains hommes de main de Paul m'avaient rattrapé et me torturaient.

Aujourd'hui, je vais écrire dans ce carnet la structure type de mes premières journées, c'est celle que je suivrai très probablement pour les suivantes.

Pour ne pas attirer l'attention des voisins, mon fidèle assistant me porte mes repas, ainsi que les bonbonnes d'eau, très tôt le matin, puis très tard le soir. Il en profite alors pour descendre le seau hygiénique, les poussières du ménage et les plats à laver. Afin que je puisse profiter des plats chauds, je les mange dès qu'ils me sont apportés. Dans les faits, je commence la journée par un copieux repas et la termine par une soupe légère suivie d'une bonne tisane de saule. Une fois Mario parti, je barricade la porte pour la nuit.

Si la météo est favorable, je me lève tôt pour observer et relever les positions de Jupiter, Mars et Saturne. Le soir après le coucher du soleil, mon attention se porte sur Vénus. Ayant déjà beaucoup observé la lune, je la regarde évidemment si elle est présente, mais je ne changerai pas mes horaires pour elle. Ce qui ne sera pas le cas pour les trois planètes, qui m'apparaitront sur le sud-est de plus en plus tôt. Quant à Vénus, ce sera jusqu'en mai toujours après le coucher du soleil, puis le matin, à son lever dès juillet. J'espère que mon confinement n'ira pas jusque-là !

Une fois mises au net toutes mes observations sur le mouvement des astres, je travaille sur mon principal sujet de préoccupation et réfléchis à ma stratégie de conduite pour les mois à venir. Je suis bien aidé par Mario, mais il ne reste à chaque passage que très peu de temps. Il m'apporte régulièrement les nouvelles de l'extérieur, qu'il me communique à voix basse en utilisant des codes pour ne pas nommer directement les gens ni les lieux concernés. Ce qui est important, c'est que je ne me fasse pas remarquer, encore moins localiser. J'ai dû aussi me couper de tous mes réseaux sociaux.

Mardi 31.03.20

Levé avant le soleil, je découvre un ciel sans nuage et j'aperçois clairement l'éclat de Jupiter. Juste au-dessus des arbres, plus bas sur l'horizon et vers l'est je distingue la légère touche rouge de Mars et celle plus jaune de Saturne.

J'installe rapidement ma lunette. Je pointe d'abord vers Mars. C'est bien lui le dieu de la guerre, rouge cuivré. La planète m'est apparue avant ma fuite, il y a quelques jours. Je ne l'avais pas vue depuis dix-huit mois quand elle disparut un soir sur l'horizon ouest. Puis en tournant très légèrement ma lunette, j'observe Saturne, entouré de son anneau. Il ressemble à un œuf au plat. Puis c'est Jupiter, le chef des dieux de l'antiquité, que j'observe maintenant. Son disque orangé avec quelques marbrures est accompagné de ses 4 lunes toutes visibles. Je suis avec attention le mouvement perceptible de la plus rapide. Une fois quitté son observation, je n'aperçois plus Mars ni Saturne effacés par la lumière du jour, alors que j'entends les premiers chants d'oiseaux. Entre temps Mario s'est activé dans les lieux.

Mercredi 1er.04.20

Ce soir, la nuit venue, il m'apporte les journaux ainsi que les rumeurs de la grande ville que j'ai fuie précipitamment. On y parle de moi et de ma cavale. Malgré mon inquiétude, je lirai tout cela en détail et avec attention demain matin dès le lever du soleil.

.

Chapitre 2

LE PROFESSEUR EN FUITE

Jeudi 2.04.20

À peine le jour levé, après avoir jeté un œil à Jupiter, Mars et Saturne puis avalé mon repas, je me jette dans la lecture des journaux apportés la veille par Mario :

« Le Professeur de mathématiques n'est pas paru à l'Université depuis la fin de la semaine dernière et n'est plus à son domicile non plus. Son épouse, ses deux filles et son fils ainsi que ses amis et proches collègues affirment ne pas savoir où il est et n'avoir depuis reçu aucune nouvelle. »

« La seule explication plausible est qu'il a voulu se soustraire à la justice. En début de semaine dernière, il avait reçu une convocation pour se rendre prochainement auprès du tribunal. Il lui est reproché la poursuite d'activités illégales, voir même séditieuses au sein de l'Université. Il aurait réussi à enrôler quelques-uns de ses élèves dans ses méfaits. »

Ce soir Mario m'informe que mon domicile est surveillé par les plus retords de la bande à Paul et qu'il a eu en écho les inquiétudes de ma proche famille.

Vendredi 3.04.20

Mario n'est pas venu ce matin, je suis très inquiet, les planètes non plus pour cause de nuages. Comment vais-je faire ? Il va me falloir aujourd'hui trouver une solution de secours, ce qui n'a pas encore été fait dans la précipitation de ma fuite.

Dans l'immédiat, je vais devoir jeûner, après tout, c'est encore carême ! Il me reste suffisamment d'eau pour boire, mais pas assez pour me laver. J'ai aussi des réserves de feuilles de papier et d'encre, mais hélas pas de nourriture si ce n'est une miche de pain et un bout de fromage. Si Mario ne revient pas, je devrais me débrouiller seul avec tous les risques que cela comporte.

La nuit est déjà tombée depuis longtemps, ainsi que mon moral. De plus, je n'ai pas pu me changer les idées avec l'observation du ciel pour cause de nuages toujours présents. Étant très fatigué, je me couche mais ne barricade pas la porte, au cas où Mario viendrait. Mon sommeil est très agité entrecoupé de cauchemars, toujours liés à ce que j'appelle avec lui la bande à Paul.

Soudain, au milieu de la nuit, je perçois une respiration qui n'est pas la mienne. Un voleur, un policier, un homme de main, non c'est Mario qui dort dans un coin de la soupente ! Je suis soulagé, ce qui ne nous empêchera pas demain de mettre au point le plan de secours.

Samedi 4.04.20

Mario est arrivé cette nuit, lourdement chargé de provisions et il a fait plusieurs allers-retours depuis la cour pour m'apporter suffisamment d'eau.

- Professeur, désolé d'être arrivé si tard. Hier matin tôt, j'ai eu l'impression d'être suivi en partant de chez-moi, alors j'ai fait demi-tour. Quant à hier soir, j'ai attendu très longtemps que les nuages cachent la lune et suis parti depuis une autre maison que la mienne après avoir traversé plusieurs arrière-cours.

- Un grand merci Mario. Mais comment faites-vous pour gérer toute cette intendance ?
- Écoutez Professeur, pour l'instant, afin de ne pas mettre en danger la personne impliquée dans mon système, je ne vous dirai rien. De même, vous ne savez presque rien de l'endroit où vous êtes confiné, ni de comment je l'ai trouvé, ni comment vous y êtes arrivé.

Il me fait alors part de sa proposition : venir moins souvent mais plus chargé à chaque fois et ne faire qu'un seul aller-retour au milieu de la nuit. Il faudra alors trouver quelque chose pour faire réchauffer les plats et faire bouillir l'eau de la tisane. Dans l'immédiat, il passera la fin de semaine ici et ne partira que dans la nuit de dimanche à lundi.

- On a donc deux jours pour échafauder le plan de secours, lui dis-je.
- Mais d'abord, je vous propose de manger. Depuis hier sans rien, vous devriez avoir faim.

Une grande part de la journée a été consacrée à l'étude de la situation ici, en ville et au tribunal. Nous avons aussi défini le plan d'action pour les prochaines semaines, dont la préparation de l'argumentaire prouvant ma bonne foi, voire mon innocence, en aucun cas l'illégalité de mes actions. Mais en attendant que mes arguments puissent être acceptés, il va nous falloir sécuriser mon confinement et le rendre plus résilient à tous les aléas possibles. Ce sera la principale tâche de dimanche.

Ce soir, à la lunette, Mario regarde avec moi l'évolution de la phase de Vénus.

Dimanche 5.04.20

Ce matin le ciel est clair, avant le lever du soleil, nous observons Mars, Saturne ainsi que Jupiter et ses lunes. Ce matin, nous n'en voyons que trois. Il m'aide ainsi à repérer la position des planètes et à les reporter sur mon cahier d'observations.

Comme la semaine dernière en milieu de matinée, je perçois au loin les cloches de l'église et j'imagine la procession des rameaux. Chaque fidèle tient à la main sa branche d'olivier, comme je le faisais enfant, accompagnant mes parents à l'église pour cette cérémonie. On est à une semaine de Pâques, une journée de fête, que je ne passerai pas avec les miens, mais tapi dans ma cachette. Toutefois avec notre plan de secours, je serai plus serein qu'à mon arrivée, bien qu'il comporte encore quelques ombres pour moi. Mario n'ayant pas voulu tout me dire, mais il m'a laissé un plan détaillé des lieux, ainsi qu'un plan des environs incluant le village proche.

- Professeur, votre visage est connu, peut-être faudrait-il songer à raser votre barbe.
- NON, Mario, il n'en est ABSOLUMENT PAS question !
- De toute façon Professeur, ne vous inquiétez pas ! la personne en qui j'ai toute confiance et qui assure avec moi votre logistique ainsi que votre sécurité, pourvoira en cas d'absence de ma part. Mais il vaut mieux que vous ne connaissiez pas son nom.

Mario est parti sous la pluie très tôt ce matin, quel courageux garçon ! J'ai beaucoup apprécié sa compagnie tout au long de ces deux jours, ainsi que nos conversations chaleureuses et constructives.

Aujourd'hui, je me sens terriblement seul, ma famille me manque, ainsi que mes élèves et mes collègues de l'Université. Que doivent-ils penser de moi, mais surtout comment appréhendent-ils mon avenir ?

Je me sens d'autant plus seul que je n'entends pas âme qui vive, seulement quelques bruits de voix très lointaines. Par mes lucarnes, je ne vois personne non plus, juste des champs. C'est pourtant le début du printemps, mais peut-être que les froids de ces derniers jours retardent le début des travaux agricoles.

Je manque aussi d'appétit, n'ayant rien pour réchauffer mes plats ou faire bouillir de l'eau, je mange toujours froid et ne peux me faire de tisane. Le bon côté des choses : mes réserves de nourriture dureront plus longtemps, mais mon moral commence à baisser.

Mardi 7.04.20

Ce matin, le temps étant couvert, je reste au lit beaucoup plus longtemps qu'à l'accoutumée. Fin de matinée, au pied du bâtiment, j'entends des voix juvéniles. Elles se rapprochent, je perçois des bruits de pas dans l'escalier et quelqu'un heurte violemment contre la porte de mon refuge.

- Mais depuis quand c'est fermé ici ? Il faudra qu'on trouve un autre endroit !

Puis les pas s'éloignent, heureusement que la porte est toujours barrée. C'est la seule visite que j'aurai dans la journée, Mario n'étant pas sensé passer avant cette nuit.

Mercredi 8.04.20

Il fait encore nuit. Ne dormant pas, j'entends un bruit très léger derrière ma porte. Je retiens mon souffle et reste immobile sous ma couverture. Puis un pas très léger descend l'escalier et le silence revient. Ce ne peut pas être Mario. Intrigué, mais surtout anxieux, je vais voir et découvre glissé sous la porte un tissu sur lequel je reconnais le signe convenu avec lui lors de son dernier séjour.

J'ouvre alors délicatement la porte d'entrée pour découvrir avec une grande surprise un panier d'osier et une bonbonne d'eau. Comment sont-ils arrivés ici ? En tout cas les mets sont délicieux et le plat chaud me réconforte énormément, ainsi que la tisane brûlante. Par contre aucun message, ni signe quelconque de Mario. Que s'est-il passé ?

Chapitre 3
LE CHEMIN DE CROIX

Jeudi 9.04.20

Cette nuit de pleine lune, je n'ai pratiquement pas dormi. La lumière de l'astre a d'abord illuminé la soupente par la lucarne est, puis par la lucarne ouest. Il faudra que je pose des occultations, je pourrais aussi travailler tard le soir sans que la lumière ne puisse être vue.

Les températures sont beaucoup plus douces, il commence à y avoir du monde dans les champs et des gens qui tournent autour du bâtiment où je suis confiné. Mario n'est toujours pas venu. Par contre j'entends deux adultes qui trouvent porte close en haut de l'escalier et je perçois distinctement une troisième personne leur crier d'une voix un peu anxieuse :

- Jusqu'à nouvel ordre c'est fermé là-haut, il y a un problème avec la charpente !

Vendredi 10.04.20

Aujourd'hui, c'est vendredi saint et vers 15 heures j'entends les cloches sonner d'un ton grave. C'est le chemin de croix, auquel je prends part d'une façon inattendue.

- Seigneur ne m'abandonne pas ! Pourquoi ne veulent-ils pas me croire, mes arguments et mes comptes rendus sont pourtant solides. Que me manque-t-il pour entraîner leurs adhésions, alors que d'autres partagent mes convictions. Mais ceux-là sont loin et ne font plus partie du même monde que nous !

Samedi 11.04.20

Ce matin le temps est couvert, alors je reste au lit plus longtemps. Toutefois le miracle du panier d'osier se renouvelle. Dieu ne m'a donc pas complètement abandonné !

La nuit tombée depuis quelques temps, les cloches sonnent dans le lointain à toute volée, c'est la veillée pascale fêtant la résurrection du Christ. Puissent mes espoirs ressusciter aussi ! En tout cas Mario arrive dans la nuit avec tout un sac de quincaillerie !

En fait, il veut profiter de la longue cérémonie, à laquelle assiste pratiquement tout le village, pour faire quelques travaux dont le bruit et l'agitation pourraient attiser des curiosités mal venues. Il installe une serrure à la porte, m'en confie une clé, la seconde sera pour lui et la troisième pour permettre en cas de besoin la livraison de mon panier directement dans la soupente. Toutefois, en cas de nécessité, je conserve la possibilité de me barricader depuis l'intérieur. Parallèlement, une légère barrière est installée au début de la dernière volée de l'escalier.

Dimanche de Pâques 12.04.20

Aujourd'hui Christ est ressuscité, puis-je moi aussi sortir de mon « tombeau » !

Une fois la sûreté de mon confinement assurée, Mario m'explique sa longue absence, puis me propose quelques procédures à suivre et quelques outils à utiliser au cas où… Mais cela ne me rassure pas beaucoup, il faudra que je m'en remette plutôt à la grâce divine.

Nous passons l'après-midi à préciser le plan de ma défense face au tribunal. Il y aura trois chapitres à rédiger sur les deux prochaines semaines :

1) Rappeler la version défendue par le tribunal et mettre en évidence les points qui posent problème ou qui soulèvent des incohérences.

2) Présenter ma version des faits en étayant avec le maximum d'arguments et si possible joindre les témoignages disponibles de ceux qui partagent ma vision. Je ne lui cache pas qu'il sera très difficile de les recueillir.

3) Conclure en démontrant que c'est moi qui ai raison, tout en offrant au tribunal une porte de sortie honorable afin qu'il ne perde pas la face.

Lundi 13.04.20

Mario est déjà parti quand je m'éveille, je ne l'ai pas entendu, ni sa clé tourner dans la nouvelle serrure. Il a plu une partie de la nuit. Après le repas du matin, je m'installe à ma table de travail et m'attaque à la première partie définie hier après-midi. C'est relativement facile, puisqu'il s'agit de présenter d'abord ce qui est communément admis par tout le monde.

Toutefois la formulation des points problématiques est plus délicate, je me dois d'être subtil pour ne pas prendre de front le tribunal, surtout pour les incohérences que je relève.

Mardi 14.04.20

Aujourd'hui, je rédige en continu, hormis quelques pauses à tourner en rond dans ma cage. Le vent a soufflé fort toute la journée, j'ai la tête farcie de bruits.

Mercredi 15.04.20

Ce matin j'ai le bourdon. Mes journées sont presque toutes sur le même schéma : lever, observations, toilette, repas tôt de ce qu'on m'apporte, écritures, déambulations, diner léger, observations et coucher avec des réflexions et des lectures. Les visites de Mario sont les seuls moments heureux, il m'apporte aussi le courrier de ma famille et de mes amis ainsi que les journaux. Comme je n'utilise plus ma messagerie d'avant, il repart avec mes lettres.

J'ai l'impérieux besoin de trouver quelque-chose qui me sorte de l'ordinaire et qui m'apporte un peu de piment. Il faut aussi que je soigne ma forme physique et mentale, sinon je serai incapable de faire face au tribunal. Après réflexions en tous sens une idée se précise.

Sur la fin de l'après-midi, j'en finalise la préparation. Ce sera pour cette nuit.

Chapitre 4

SOUS LES ÉTOILES, LE BONHEUR

Nuit du mercredi 15 au jeudi 16.04.20

Une fois la nuit noire établie, après avoir vu Vénus disparaitre derrière les arbres, la tête recouverte d'un capuchon, je quitte mon repaire. J'en referme la porte à clef derrière moi et descends précautionneusement l'escalier. Je contourne ma prison et me dirige vers le côté opposé aux autres bâtiments sur la foi du plan que Mario m'avait laissé dimanche en huit. Une fois bien éloigné, je m'arrête, reprends ma respiration et contemple la voute étoilée.

Quel bonheur ! Quelle beauté, quel sentiment de liberté, quel calme ! Pas un seul bruit dû à l'activité humaine ! Je repère les constellations visibles à ce moment de l'année et bien sûr à cette heure présente. Mes dernières observations datant de plus d'un mois, il me faut un temps d'adaptation pour retrouver mes repères, la terre s'étant depuis déplacée sur un douzième de sa course autour du soleil.

Toujours sur mes gardes, une éternité plus tard (en tout cas bien avant le lever de la lune) je rebrousse chemin et retrouve ma cachette, heureux et fier de mon aventure.

Nuit du jeudi 16 au vendredi 17.04.20

Ragaillardi par cette sortie, j'ai travaillé d'arrache-pied toute cette journée de jeudi et ma rédaction a avancé à grands pas.

La nuit venue, je ressors avec le même enthousiasme. Cette fois-ci, je concentre mon attention sur la planète terre, plus exactement sur la topographie des lieux. Dans l'optique du « au cas où… », j'en profite pour essayer de repérer les départs des chemins indiqués sur le plan de Mario. Pour chacun d'eux, je m'aventure même sur quelques centaines de mètres et tâche de repérer des endroits ad'hoc pour y cacher de la nourriture, voire moi-même. C'est plus facile de prévoir la ronde des astres pour les années à venir, que mes propres pas pour les prochains jours ! Ceci étant dit, j'ai fait beaucoup plus d'exercice que d'habitude.

Vendredi 17.04.20

Comme hier, je poursuis durant toute cette journée, la rédaction de la première partie. Je tiens à avoir suffisamment de choses à faire lire à Mario quand il viendra.

Le soir venu, il arrive furieux ayant appris de mon ange gardien mon escapade d'hier soir. Les affiches avec mon portrait n'apparaissent plus seulement en ville, mais maintenant dans tous les villages aux alentours. Pourtant je refuse toujours de me raser la barbe,

- Mario, le jour où je serai à la barre du tribunal, je tiendrai à garder ma prestance de Professeur de l'Université et donc la barbe qui l'accompagne
- Alors, vous ne sortez plus, osa-t-il m'interdire.

Je lui rétorque que cette sortie m'a permis de repérer les lieux et les potentielles échappatoires au cas où je devrais fuir. Je lui suggère même des emplacements pour y cacher de la nourriture si par malheur mon ravitaillement devait être interrompu. Finalement sa colère retombe et nous améliorons très nettement le plan de secours qu'on avait esquissé en début de mois. On a défini deux cachettes, où je pourrais trouver des vivres.

Samedi 18.04.20

Nous finalisons ensemble le premier chapitre : rappel de la version défendue par le tribunal et mise en évidence des points posant problème ou soulevant des incohérences. Le soir même, je mets le texte au propre et lui confie le chapitre finalisé. Après une brève observation de Vénus et le relevé de sa position, nous rejoignons nos couchages respectifs.

Dimanche 19.04.20

Mario est parti très tôt ce matin, il tenait à passer le dimanche avec les siens. Le temps est maussade, faute de pouvoir observer les planètes, je reste au lit.

Je pose les bases du second chapitre : présentation argumentée de ma version des faits. C'est beaucoup de possibilités d'échanges et de réflexions que j'aurais aimées avoir avec Mario.

Lundi 20.04.20

Mon écriture doit être très pédagogique, d'autant plus que le tribunal n'aura pas la même rigueur de raisonnement que mes élèves de l'Université (ou ne voudra pas l'avoir).

Mardi 21.04.20

Quand le vent se remet à souffler, je supporte de moins en moins les courants d'air. Je découvre que la plupart sont dus à la liaison entre le bas de la toiture et le haut des murs. Je décide de les boucher, ce jour même, avec ce que je trouve dans le bric à brac au fin fond du grenier. Je l'avais déjà repéré, mais n'en avais pas, jusqu'à ce jour, entamé l'inventaire.

Dans la nuit, je suis réveillé en sursaut et super angoissé par des bruissements en tous sens dans mon espace. Je réalise que ce sont quelques chauves-souris avec qui je partage les lieux. Elles cherchent désespérément à sortir pour chasser. Alors, je leur libère quelques passages, quitte à faire revenir des courants d'air.

Mercredi 22.04.20

Quand arrive le crépuscule, j'ai noirci plein de feuilles à en avoir une indigestion intellectuelle. Par contre ce soir, je n'ai qu'un bout de pain et de fromage déposé devant ma porte avec juste un broc d'eau. Mon ange gardien se vengerait-elle de mes sorties nocturnes ou y aurait-il un problème ?

D'ici la fin de la semaine, je devrai avoir terminé et pourrai en confier le document à Mario lors de son prochain passage dans ma

Chapitre 5
REFUGE DANS LA FORÊT

Vendredi 24.04.20

Il est très tard quand je retrouve ma soupente, mon journal quotidien ainsi qu'un succulent panier repas. Mais revenons d'abord à mercredi soir. J'étais en train d'écrire quand j'entendis la clef tourner dans la serrure, mais ce n'était pas Mario. C'était une femme, elle parlait de la même voix que celle que j'avais entendue dire l'autre jour « c'est fermé là-haut, on a un problème de charpente ». Ce soir, d'un ton autoritaire elle m'annonça :

- Voici des vêtements d'ouvrier agricole, un rasoir et un savon. Vous avez un quart d'heure pour vous rendre méconnaissable et prendre la posture d'un travailleur agricole. Pendant que vous vous changez et vous rasez votre barbe, je vais faire disparaitre dans les caisses avec lesquelles vous êtes venu, toutes les traces de votre passage : vos vêtements, vos livres et tous vos papiers. Ensuite, vous m'aiderez à les faire glisser dans le fond du grenier au milieu du bric à brac existant.
- Mais ma lunette astronomique ?
- Vous avez cinq minutes de plus pour la démonter et m'en confier les morceaux.

Une fois dans la cour, elle me donna un sac dans lequel je découvrirai plus tard de la nourriture et une couverture, puis me montra la forêt derrière le bâtiment.

- Vous connaissez le terrain, n'est-ce-pas ? Passez-y la nuit et tachez de bien vous cacher jusqu'à demain midi. Retrouvez-moi alors près du puits derrière le poulailler à l'heure où tout le monde sera occupé à déjeuner. Puis on avisera.
- Mais qu'est-ce qui se passe ?
- On annonce l'arrivée des gendarmes, partez de suite et bonne nuit, si je puis dire.

Alors que j'espérais voir le firmament, le ciel était couvert, toutefois il ne pleuvait plus et la nuit n'était pas trop fraiche.

Le lendemain jeudi midi, comme convenu, je rejoignis le puits derrière le corps de ferme. Là, stupeur, des gendarmes étaient attablés dans la grande salle de la ferme. Mon hôte, le visage avenant, me fit un signe discret. Je la rejoignis et elle échangea mon sac vide contre un autre plus grand mais beaucoup plus lourd que la veille au soir.

- Ne vous inquiétez pas, vous êtes méconnaissable ! Les gendarmes devraient repartir demain après-midi, ils fouillent tous les bâtiments du village. Cachez-vous bien et ne revenez dans votre soupente que vendredi soir à la nuit noire.
- Comment vais-je savoir s'ils sont bien partis.
- S'il y a une lumière allumée près du puits, c'est bon. Sinon il y aura des vivres dans une des deux cachettes que vous avez définies avec Mario.
- Merci infiniment et que Dieu vous garde !

C'est dans l'angoisse d'être découvert, que j'ai passé l'après-midi caché dans un fourré. J'en ai profité pour étudier le contenu du sac puis me sustenter et boire. Le soleil a fait de belles apparitions, mais je n'ai pu me détendre qu'à la nuit tombée. Pendant un moment le ciel a été dégagé, je me suis alors aventuré à découvert : je n'ai pas pu résister à l'appel de la voie lactée, très visible par cette nuit sans lune. Et si chacune de ces étoiles était un soleil avec des planètes qui tourneraient autour. Et si l'une d'elle était habitée par des êtres doués d'intelligence, seraient-ils aussi stupides que nous pour croire ce qui m'a poussé à fuir ?

La journée de vendredi s'est apparentée à un second chemin de croix, alors que le spectacle de la nature était de toute beauté : différents chants d'oiseaux, couleurs changeantes du ciel, bruissement du vent dans les feuilles, croassements dans l'étang proche. J'ai eu aussi la visite d'un renard ! Mais, toujours dans l'angoisse d'être découvert, j'étais perpétuellement aux aguets. Le soleil a brillé toute l'après-midi, j'ai eu soif et ai dû beaucoup boire. Puis la lumière du jour a baissé, la nuit est tombée et je suis retourné fort tard vers la ferme où m'accueillit la lumière laissée par mon hôte, c'était comme un cierge pascal annonçant ma résurrection !

Samedi 25.04.20

Remis de mes émotions, je travaille toute la journée sur le document défini il y a deux semaines avec Mario avec trois parties : la version du tribunal, la mienne, la conclusion. Dans la journée je fais une pause, je remonte ma lunette. Par bonheur, il ne manque aucune pièce et les lentilles sont intactes !

Quand Mario arrive tardivement ce soir, je lui raconte les grandes lignes de mes derniers jours, il a la délicatesse de ne pas parler de ma barbe. Je lui montre ensuite l'avancement de mes travaux. Pendant qu'il en parcourt le contenu sous une faible lumière, moi c'est celui du panier d'osier que je dévore. Quant aux journaux et aux lettres reçues, je les lirai demain à la lumière du jour, sauf celle de ma femme. Je l'ai lue et relue avant mon repas.

Enfin, avant d'aller nous coucher, il me donne un condensé des dernières nouvelles de la famille, des amis, de l'Université et des bruits qui courent en ville me concernant. Il me promet plus de détails pour demain matin, en me précisant que ses sources sont parfois parcellaires, d'où une certaine prudence. Nous revenons aussi sur mes deux nuits passées sous les étoiles, mais il ne me dira toujours rien sur mon ange gardien ni sur l'organisation de ma cavale.

Dimanche 26.04.20

Nous poursuivons nos échanges sur mon texte et il me précise les quelques nouvelles de l'extérieur.

Du côté de l'Université, les murmures, les bruits, les fausses nouvelles, les ragots et les hypothèses les plus invraisemblables vont toujours bon train. En parallèle, les gendarmes continuent d'interroger certains de mes élèves, surtout ceux du cours d'astronomie. Il s'agit de mon cours hebdomadaire, pour lequel aucun candidat n'a voulu se présenter pour assurer mon intérim, alors qu'il y eut pléthore pour mes cours de mathématiques.

Du côté des corps constitués tels la municipalité, la police, la justice et aussi le clergé, une fois passée la stupéfaction de ma fuite, c'est une suite de questions ou de silences suivant les interlocuteurs.

Quant aux nouvelles de ma famille, la lettre de ma femme est suffisamment détaillée. Mario n'a pas besoin d'en rajouter si ce n'est pour me dire les inquiétudes de mes proches sur ma santé et mon moral. Je lui demande de rassurer la maisonnée et de dire aux miens que tout va bien, tout en restant très prudent au moment de les contacter.

Ce soir une fois la nuit tombée, le spectacle est merveilleux. On aperçoit le fin croissant de la nouvelle lune précédant de peu Vénus vers le couchant. Au travers de l'objectif de la lunette, l'étoile du berger a encore grossi, elle n'est plus du tout gibbeuse comme au début de mon confinement, elle acquièrt maintenant la forme d'un croissant.

Mario part dans la nuit. Il me promet des réserves de nourriture dans les deux cachettes de la forêt.

Lundi 27.04.20

En me levant, je suis de très mauvaise humeur à cause du confinement. J'aurais dû normalement assurer aujourd'hui un cours d'astronomie et le conclure par l'observation du ciel dans la campagne, loin de la ville et ce durant toute la nuit. C'était l'occasion de voir toute la voute céleste, le coucher et le lever des planètes ainsi que du soleil.

Mardi 28.04.20

Contre les recommandations de prudence prodiguées par Mario, j'ai espéré apercevoir mon ange gardien et échanger un peu avec elle, mais impossible.

Très tard dans la nuit, j'entends avec effarement une clef tourner dans la serrure. Ouf ! Cette fois-ci, c'est Mario, il se dirige rapidement vers moi. Il est essoufflé et tout excité :

- Professeur, Professeur, le tribunal a annoncé qu'il se réunira dans une à deux semaines et que les autorités redoublent d'efforts pour vous retrouver et vous y conduire de gré ou de force.
- Mais c'est trop tôt ! Ma barbe n'aura jamais le temps de repousser d'ici-là.
- Professeur, ce n'est pas tout, poursuit-il encore tout haletant de sa course. En ville circule le bruit que le Pape, lui-même, commence à s'intéresser à votre affaire.

Chapitre 6
RETOUR SUR LE MONDE D'AVANT

Jeudi 30.04.20

La conversation s'est poursuivie tard dans la nuit. Une fois Mario parti, bien avant le lever du soleil, je me suis allongé. Mais impossible de trouver le sommeil, je revois alors défiler toute l'histoire et ses rebondissements jusqu'à ce jour.

En mai 1609 j'améliore le fonctionnement d'une longue vue pour en faire une lunette astronomique. Je réussis aussi à obtenir une image droite grâce à l'utilisation d'une lentille divergente en oculaire. À l'automne de la même année, après quelques améliorations, je la tourne vers la lune et découvre que cet astre n'est pas parfait comme le veut la théorie en cours. La zone de transition entre l'ombre et la lumière est parsemée de cratères et de montagnes. Ils sont très visibles, car la lumière est rasante. Or on distingue aujourd'hui :

- Le monde sublunaire comprenant la terre où tout est imparfait et changeant.
- Le monde supra lunaire. Il part de la lune et s'étend au-delà. Il n'existe plus alors que des formes géométriques parfaites (des sphères) et des mouvements réguliers immuables (des cercles). Dans ce contexte, la lune devrait avoir la surface lisse et les dessins que j'en ai faits à l'époque tracassaient déjà certaines personnes.

Le 7 janvier 1610, je fais une découverte capitale : trois petits objets brillants à côté de Jupiter. Après quelques nuits d'observation, j'en découvre un quatrième et grâce à un suivi rigoureux de leurs mouvements, j'en déduis qu'il s'agit de quatre lunes qui tournent autour de la planète (en 2, 4, 7 et 16 jours et ce en d'autant plus de jours qu'elles tournent plus loin d'elle). Jupiter ne serait-il pas de la même essence que la terre avec quatre lunes au lieu d'une ? Par déduction, j'en viens à penser qu'au même titre que les lunes tournent autour de leurs planètes respectives, les planètes elles, tourneraient autour du soleil et ce avec un temps pour effectuer une révolution complète d'autant plus long qu'elles lui sont éloignées.

Le 12 mars 1610, je publie à Venise les résultats de mes premières observations dans l'ouvrage Siderus Nuncius (le Messager Céleste). En septembre de la même année, l'astronome allemand Johannes Kepler publie un bref compte-rendu de ses observations de Jupiter. C'est lui qui crée le néologisme « satellite » qui veut dire garde du corps en latin.

C'est alors qu'en juillet, je quitte Venise pour Florence (la Toscane est mon pays de naissance et d'enfance). Le 25 juillet de la même année, je tourne ma lunette vers Saturne (alors assez proche de la terre à ce moment) et je découvre un anneau autour de la planète !

Puis en septembre, les conditions étant favorables, je découvre les phases de Vénus. Cela me conforte dans l'hypothèse héliocentrique (le soleil au centre), alors qu'on ne trouve pas d'explication pour les phases de l'étoile du berger dans le modèle géocentrique (la terre au centre de l'univers).

Dès 1610, mais surtout à partir de 1611 mes premiers ennuis commencent. Mes détracteurs ne remettent certes pas en cause mes observations, mais l'interprétation que j'en fais, la jugeant contraire aux Saintes Écritures. Il fut pourtant un temps où leurs ainés savaient que la terre était plate, maintenant grâce à Magellan et à d'autres navigateurs, mes détracteurs pensent qu'elle est ronde !

Le 16 février 1616, je suis convoqué par le Saint Office pour l'examen des propositions de censure. Les 25 et 26 février de la même année, la censure est ratifiée par l'inquisition et par le pape Paul V. Toutefois, je ne suis pas personnellement trop inquiété, mais je suis prié d'enseigner ma thèse comme une hypothèse, l'héliocentrisme m'étant notifié comme contraire aux Saintes Écritures.

En 1618, le passage de trois comètes relance la polémique sur l'incorruptibilité des cieux. J'interviens alors en juin 1619 par l'intermédiaire d'une publication de mon élève Mario Guiducci. L'année d'après en 1620, je décide dans mes cours de ne plus considérer l'héliocentrisme comme une hypothèse. C'est pourquoi, face à la menace d'un nouveau procès conduit par l'inquisition, je décide de fuir avec l'aide de mon élève Mario. D'autant plus, qu'il avait quelques jours auparavant entendu des bruits comme quoi les plus radicaux de l'entourage du pape Paul V envisageaient l'emploi de la torture pour me faire changer d'idée.

Vendredi 1er.05.20

Aussi, au cas où je devrais à nouveau faire face au tribunal de l'inquisition, je décide d'ajouter un second volet à ma défense. Au premier, défini avec Mario, de type objectif (les faits et les interprétations déduites), je vais en construire un second qui prendra en compte les aspects subjectifs, liés à l'interprétation des textes par l'Église Romaine. Ayant ressorti tous les livres que j'avais apportés, je me plonge dans la relecture des principaux textes bibliques liés au sujet et essaye de voir comment on peut les interpréter avec la vision héliocentrique de l'univers.

Samedi 2.05.20

C'est avec Mario, que j'évoque les textes bibliques que mes détracteurs ont utilisés contre moi. Nous allons essayer de les interpréter avec mon éclairage héliocentrique et non plus avec le leur, géocentrique, le même que celui des habitants du bord du Jourdain il y a presque deux millénaires. Mes détracteurs ont par exemple utilisé comme arme théologique contre moi le passage biblique (Josué 10, 12-14) dans lequel, à la prière de Josué, Dieu arrête la course du Soleil et de la Lune.

Dimanche 3.05.20

Mario est parti dans la nuit pour rejoindre sa famille en ville. Je serai encore une fois de plus seul tout ce dimanche.

Lundi 4.05.20

Après les pluies, parfois orageuses, de ces derniers jours, ce matin en me levant, je constate que le ciel est encore gris et que je ne pourrai toujours pas poursuivre mes observations.

Je réalise brutalement que la lutte des tenants de Copernic contre ceux d'Aristote ne se gagnera absolument pas sur les seuls arguments scientifiques d'observations. Il me faudra surtout me battre avec des arguments de théologie et à Rome les luttes de pouvoir, qui font rage, ne penchent pas en ma faveur ! Toutefois, j'ai un appui solide auprès du cardinal Maffeo Barberini, un ami qui fera tout son possible pour m'aider.

Ce matin, le ciel est encore couvert, je ne peux rien observer. Il s'éclaircira en cours de journée et ce soir, je peux observer Vénus dans un ciel clair. Son croissant est de plus en plus fin et le cercle dans lequel la planète s'inscrit est de plus en plus grand, c'est magnifique !

(Voir les dessins des phases de Vénus en annexe)

Mercredi 6.05.20

Ce matin, je suis très déçu, la brume empêche toute observation. Il n'y a pas que l'horizon qui soit bouché, mon proche avenir l'est aussi. Après six semaines de confinement, je ne supporte plus l'absence de ma famille, de mes amis et de mes élèves. Seuls Mario et les planètes peuplent ma solitude, et les quelques bons paniers d'osier ne me font plus frémir. Je suis fatigué de noircir du papier pour argumenter, alors que je crois de moins en moins en mes chances face à l'inquisition.

Alors rentrer chez moi le 11 mai après la prochaine venue de Mario, d'ici-là, j'aurai trouvé les bons arguments pour expliquer ma fuite. Ou bien, prolonger encore ce confinement en l'adaptant avec le support de mon élève et de mon ange gardien, voire fuir encore et disparaître dans la campagne parmi les paysans. Je crains à terme, comme une seconde vague, un autre confinement : à l'étroit entre quatre murs, avec des barreaux à la fenêtre et pas de lunette.

Je réfléchirai dans les prochains jours et dirai ma décision à Mario lors de son prochain passage. Je lui soumettrai aussi mon projet de lettre pour sa Sainteté le Pape Paul V. Il s'agira d'une lettre folle qui sera considérée comme délirante, pour obtenir quelque chose qui sorte résolument du cadre du possible. Elle lui sera remise par l'intermédiaire de mon ami, le Cardinal Maffeo, à laquelle seront joints tous les documents élaborés au cours de ces dernières semaines de confinement.

Cette nuit, ce sera ma seconde pleine lune en pleine campagne toscane, un moment toujours un peu magique, source de féérie ou de sorcellerie. Que pourrait-il encore advenir ?

Chapitre 7

UNE RENCONTRE INATTENDUE

Nuit du mercredi 6 au jeudi 7.05.20

Comme il y a presqu'un mois, c'est la pleine lune, mais maintenant j'ai des occultations aux lucarnes qui me permettent de limiter son éclairage et donc de mieux dormir. Enfin, c'est ce que je croyais. En pleine nuit un petit garçon vient s'asseoir au pied du lit, je découvrirai tout à l'heure qu'il a la même couleur d'yeux que les miens et que ses cheveux ont la même teinte que moi enfant.

- Dis-moi, je ne comprends pas pourquoi tu dors sous une soupente dans une chambre délabrée. Quand tu avais mon âge, tu dormais dans une belle chambre à Pise que Papa Vincenzo t'avait aménagée dans la grande maison familiale.
- Ici, c'est provisoire, j'ai aussi une belle chambre, dans une belle maison à Florence. Mais j'ai dû momentanément la quitter pour me mettre à l'abri. Il y a de méchantes gens qui veulent m'arrêter, ils disent que tout ce que j'ai découvert sur les étoiles et les planètes, ce n'est pas vrai. Ils me traitent de menteur et disent que j'enseigne des choses fausses et affreuses à mes élèves.
- Tu es professeur maintenant ! que dis-tu à tes élèves ?
- Je leur dis que la terre, comme toutes les autres planètes, tourne autour du soleil et je leur explique comment j'ai trouvé cela.

- Mais non c'est idiot. Tu vois bien que c'est le soleil qui tourne autour de la terre, il se lève le matin à l'orient et se couche le soir à l'occident.
- Oui, c'est comme cela que tu le vois, mais tout mouvement est relatif. Je vais te le montrer.

Je me lève alors et allume une chandelle qui est censée représenter le soleil. Je la tiens à la hauteur de son regard et tourne autour de lui.

- Tu es la terre et moi, je fais tourner le soleil autour de toi. C'est comme cela que les enfants et les gens depuis très longtemps imaginent les choses.

Puis posant la chandelle sur un tabouret, je lui fais entreprendre un grand tour autour de la source lumineuse, tout en le faisant tourner sur lui de sa droite vers sa gauche.

- Maintenant c'est la terre qui se déplace et le soleil qui est fixe. Considère que ta tête est la terre. Comme dans l'expérience précédente, tu vois toujours le soleil apparaitre sur ta gauche, c'est le matin, puis, passer devant toi, il est midi, et enfin disparaitre sur ta droite, c'est le soir.

Parallèlement, je lui apprends que l'axe de la terre est penché par rapport au plan dans lequel elle se déplace. Pendant que je continue à le faire tourner autour de la chandelle, je lui explique comment les saisons en sont la conséquence.

- Et comment as-tu pu trouver tout cela ?

Je lui montre alors ma lunette. Une fois la chandelle éteinte et les lucarnes libérées, je la pointe vers la lune et assure les réglages sur ses plus beaux cratères.

- Mais je croyais que la lune était aussi lisse qu'une balle.
- Oui, c'est ce que les gens croyaient aussi avant que je n'invente cette lunette.
- C'est toi qui l'as construite ?
- Oui.
- Tu es toujours aussi habile de tes mains. À Pise, enfant, avec tous les matériaux que tu trouvais, tu construisais en plus petit les choses compliquées que tu avais vues et en plus tu avais un très bon sens de l'observation.
- Oui, je faisais beaucoup de maquettes et ça me plaisait beaucoup. Papa, luthiste et musicien, voulait que je sois médecin, moi je voulais être inventeur et construire des machines comme Léonard de Vinci. Finalement, je suis devenu professeur de mathématiques et d'astronomie.

Puis après un silence, il se rassied au pied du lit et me déclare solennellement :

- Moi, je crois à ce que tu m'as dit sur le soleil et la terre. Alors pourquoi les méchants ne te croient pas ? pourquoi ils te traitent de menteur et veulent t'arrêter ?
- Ils ont toujours dit aux gens que c'est la terre qui est fixe en tant que centre du monde, que le soleil et les planètes tournent autour d'elle. Tous les gens les croient, alors s'ils découvrent qu'on leur a menti, ils n'auront plus confiance et les méchants perdront leur pouvoir. C'est pour cela qu'ils veulent me faire taire.
- C'est donc pour qu'ils ne t'attrapent pas que tu te caches et que tu vis dans ce gourbi, alors que tu as une belle maison comme Papa Vincenzo et Maman Giulia.
- Oui, c'est ça, lui dis-je avec un soupir.

- Mais alors tu n'as qu'à garder ce secret pour toi et tes amis et le cacher aux autres. Comme cela tu n'auras plus besoin de fuir et cette nuit tu aurais pu dormir dans ta belle chambre à Florence. Pourtant tu sais très bien garder un secret.
- Ah bon !
- Bien oui, te rappelles tu la fois où tu avais mouillé ton lit. Ce matin-là, tu avais fait preuve de beaucoup d'imagination et de discrétion pour que ta mère ne s'en aperçoive pas. Tu pourrais faire pareil, cacher tes découvertes.
- Oui, mais là c'est tout le contraire. Je veux que tout le monde le sache et je ne veux plus que les méchants gardent le pouvoir.

Mais avec sa candeur, il m'interpelle d'un air narquois :

- Ne serait-ce pas plutôt pour montrer au monde entier que tu es un savant génial. Te rappelles-tu comme tu étais fier avec ton premier prix de calcul à l'école et comme tu l'avais fait savoir à tout le voisinage.
- C'est vrai que j'étais content, comme aujourd'hui avec mes découvertes que j'ai envie de faire connaitre à mes élèves et à tout le monde.
- Oui, je comprends et avec le même enthousiasme dont tu as fait preuve tout à l'heure quand tu m'as expliqué le mouvement de la terre autour du soleil. Tu as fait ça très bien, j'ai tout compris.

Puis sur cette conclusion qui me fait chaud au cœur, son image s'évanouit de ma vue.

Chapitre 8

DÉCONFINEMENT

Jeudi 7.05.20

Cet étrange rêve, que je viens de coucher sur mon journal, va beaucoup m'aider à mûrir la conduite que je dois tenir pour la suite à venir.

Grâce à sa rédaction quotidienne je supporte beaucoup mieux le confinement. J'ai suivi avec une plus forte attention que d'habitude la météo, le mouvement des planètes dont les phases de Vénus et de la Lune.

Vendredi 8.05.20

Je travaille encore la lettre pour le Pape et le texte introduisant le dossier qui y sera joint. Je joins une copie de cette lettre à mon journal. (Voir annexe de ce livre). J'attends Mario avec impatience pour construire avec lui la suite de ma fuite.

Samedi 9.05.20

Mais il arrive très tard dans la nuit. Je le découvre samedi matin dormant à poings fermés. Il m'a laissé en évidence le courrier et la gazette de Florence. J'y découvre l'article me concernant :

« le Professeur de mathématiques est introuvable malgré les recherches des gens d'armes et les très nombreuses affiches placardées dans toute la région de Florence, ainsi que de Pise. Les recherches ont été levées et le tribunal se réunira prochainement pour le condamner par contumace à la prison pour blasphème envers les Saintes Écritures. »

L'article ajoute que s'il m'arrivait d'être repris, je devrais, avant d'être incarcéré, abjurer mes erreurs, au besoin par la torture, faute de quoi je serai conduit au bûcher !

D'un seul coup, je me sens très mal et revois mes premières nuits de cauchemar sous la soupente. C'était les plus féroces membres de l'inquisition qui me tourmentaient, ceux que je nommais la bande à Paul, en référence au Pape Paul V.

Comme il est hors de question de renier mes certitudes scientifiques, je ne rentrerai pas en ville et resterai dans ma retraite avec l'aide de Mario et de mon ange gardien. J'attendrai des jours meilleurs, en espérant que le Pape reçoive favorablement ma lettre et mon dossier.

Quand Mario se lève, je lui expose mon plan : rester ici et profiter de l'arrêt des recherches pour alléger mon confinement. Je lui fais à nouveau part de toute ma gratitude pour les risques qu'il prend et ajoute que je compte encore beaucoup sur lui. Nous poursuivons toute la journée nos discussions animées pour définir ce que j'appelle mon déconfinement. Il devrait commencer dès lundi !

Nuit du samedi 9 au dimanche 10.05.20

L'humidité des derniers jours réveillent les douleurs dues à mes rhumatismes. Ce soir en allant me coucher, j'ai froid et je regrette mon lit moelleux et la douce chaleur de mon poêle. Je finis par m'endormir et rêver.

Confortablement installé dans un fauteuil devant la cheminée, je contemple les flammes dans l'âtre. Elles projettent leurs lueurs orangées sur le reste de la pièce déjà éclairée par deux torches fixées aux murs et toutes ces lumières font danser des ombres inquiétantes sur les parois de pierre. Au plafond de cette cave, un crochet fixé à la clef de voûte attire mon regard, d'autant plus qu'il y pend une corde. Ce n'est pas ma seule surprise. Je remarque la pointe d'une barre en fer forgé rougie au cœur de l'âtre. Parcourant les lieux du regard, je note quelques instruments étranges accrochés aux murs.

Le délicieux vin chaud qu'on m'a servi ce soir embrume délicieusement mes esprits et mon rêve se transforme. Je ne suis plus dans un fauteuil, mais dans une calèche. Elle est tirée par un cheval qui file au galop dans la forêt. Je perçois son souffle puissant, le sifflement du fouet du cocher, le craquement de quelques bois morts et des tintements de grelots. Soudain un hurlement déchire le calme de cette scène. Je réalise que le souffle puissant du cheval est celui du condamné qui suffoque, que le sifflement du fouet est celui manié par le bourreau, que le craquement de bois mort est celui des phalanges du supplicié et que les tintements de grelots sont les dents du questionné qui tombent dans une gamelle en fer.

Je remarque que le fer rouge n'est plus dans l'âtre… Soudain, en sueur, haletant et perclus de rhumatismes je retrouve le froid et l'humidité de ma soupente.

Dimanche 10.05.20

Vers midi, Diana la tante de Mario nous apporte un gigot avec une bonne bouteille de Chianti. On partage le repas avec elle, je constate que c'est bien elle, mon ange gardien !

Dans l'après-midi, nous trois finalisons l'organisation très progressive de mon déconfinement. Mario me confie les secrets qui ont entouré ma fuite six semaines auparavant et me décrit avec Diana la gestion chaotique des premiers jours de mon confinement.

Lundi 11.05. 20

Une nouvelle phase commence, elle pourrait être plus longue que prévue.

Et pourtant elle tourne !

Notes de l'auteur :

- Le 11 mai 1620 était un lundi, comme le 11 mai 2020 !
- Par contre, les positions respectives des planètes n'étaient pas du tout semblables. Ce sont bien leurs mouvements de 2020 qui sont décrits dans ce journal, ainsi que les conditions au jour le jour de la météo du printemps 2020 à Nantes.

Épilogue
QUELQUES MOIS PLUS TARD

Comme en Lombardie, Vénétie et Toscane, ainsi que chez leurs voisins français, c'est le déconfinement qui sera difficile à réaliser quatre siècles plus tard. Pour les personnes les plus fragiles (au-delà de 65 ans comme pour l'auteur de ce texte) le confinement de fait continue.

Compte-tenu de son âge, l'auteur « Des astres » préférera rester confiné chez lui à Nantes pour ne pas attraper le virus. Il n'ira pas à Paris voir ses enfants (zone rouge) ni même dans le Finistère où son stage de dessin a été annulé. Pourtant, il comptait s'y rendre avec sa lunette d'astronomie. Cette situation de post-confinement pourrait perdurer tant qu'on n'aura pas trouvé de vaccin. Au 21ème siècle, il faudra alors vivre avec le virus.

Pour ce qui me concerne, moi Galiléo Galilée, je suis toujours exposé au virus de l'obscurantisme et reste cloîtré dans mon grenier. J'y poursuis mes observations la nuit et en sors dans la journée. Toujours sans barbe et habillé comme un paysan, je me joins à eux dans la vie de la ferme et les travaux des champs. Mario assure la liaison avec l'extérieur dont ma très proche famille et les savants de toute l'Europe. Quant à moi, pour ce qui est du vaccin contre le géocentrisme, il viendra d'Allemagne, grâce à Johannes Kepler à qui Mario avait mis à disposition une lunette et transmis nos observations.

Ironie de l'histoire, c'est depuis le Wurtemberg, puis par le canton de Genève, deux régions acquises à la réforme lancée par Luther et Calvin, que la lumière viendra jusqu'à Rome. À cette époque, l'Église Catholique Romaine sera toujours accaparée par la contre-réforme !

QUELQUES ANNÉES PLUS TARD

Paul V décède le 28 janvier 1621, son successeur Grégoire XV ne règne que deux ans. Puis enfin, mon ami, le cardinal Maffeo Barberini devient Pape le 6 août 1623 sous le nom d'Urbain VIII. C'est alors qu'il se souvient de la lettre folle que Mario lui avait fait parvenir, mais que la trouvant délirante, il n'avait jamais osé la transmettre au Pape de l'époque Paul V !

Dans les jours qui suivent, je retrouve mon poste à l'Université de Florence avec en plus l'autorisation d'enseigner l'héliocentrisme. Parallèlement, je poursuis mes recherches sur les planètes et nous cherchons avec Mario à en découvrir de nouvelles. Elles seraient alors très lointaines, elles apparaitraient pratiquement immobiles et très petites, donc susceptibles d'être confondues avec des étoiles. C'est au cours d'une nuit d'observation que Mario me confia :

- Les gens ont des étoiles qui ne sont pas les mêmes. Pour les uns qui voyagent les étoiles sont des guides. Pour d'autres elles ne sont rien que de petites lumières. Pour nous autres, savants, elles sont des problèmes. (*)

(*) d'après Antoine de Saint Exupéry : le Petit Prince.

Notes de l'auteur

(pour la plupart, d'après www.wikipedia.org) :

Dans le cadre de ce récit :

- Jusqu'en 1619 les informations, mentionnées dans ce journal, concernent bien la vie de Galileo Galilée.
- À partir du vendredi 27 mars 1620, il s'agit dans ce récit de confinement d'une uchronie
(récit d'évènements fictifs à partir d'un point de départ historique).

Dans celui de l'histoire :

- Après la censure de ses thèses, Galilée passe un mois à Rome où il est reçu à plusieurs reprises par le pape Urbain VIII qui a pour lui une grande amitié. Il est convenu qu'il écrira le « Dialogue sur les deux grands systèmes du monde » qui doit présenter objectivement avantages et inconvénients des systèmes de Ptolémée et de Copernic.
- Mais Galilée ne suivra pas les recommandations de modération prodiguées par le Pape. La publication de son livre le 21 février 1632 cause à la fois révolution et scandale. L'église réagit et le pape ne peut qu'avaliser les reproches des adversaires de Galilée.
- Le second procès débutera le 1er octobre 1632, la sentence tombera le 22 juin 1633. Il sera condamné à la prison et à devoir abjurer et maudire d'un cœur sincère

et d'une foi non feinte ses erreurs. Sa peine de prison sera commuée en résidence surveillée à la demande du pape Urbain VIII son ami.

- L'authenticité du fameux aparté attribué à Galilée « Et pourtant elle tourne » n'est pas établie. Cette rétractation l'aurait fait immédiatement passer pour relaps aux yeux de l'Église (retombé dans une hérésie après y avoir solennellement renoncé). Il risquait alors le bûcher et dans une moindre mesure la perte de tout espoir de commutation de sa peine.

Et à la charnière des 20ème et 21ème siècles :

- Le 25 août 1989 la sonde Voyager 2 effectue un survol rapproché de Neptune. Afin de préciser l'orbite de la planète pour affiner la trajectoire de la sonde, la NASA a utilisé les observations de Galilée des 28 décembre 1612 et 28 janvier 1613. Alors qu'il regardait Jupiter, le savant remarqua un objet céleste qui avait légèrement changé de position par rapport à une étoile voisine. Avait-il été conscient qu'il s'agissait d'une planète ? Il aurait été alors le premier à découvrir Neptune. C'est la planète la plus lointaine découverte à ce jour, elle effectue une rotation autour du soleil en 165 ans.
- De juillet 1995 à septembre 2003, la sonde américano-européenne Galileo tourne autour de Jupiter et observe aussi ses 4 lunes principales. Elle envoie sur terre des milliers de photos et de très nombreux résultats de mesures.

Annexes

La lettre folle

À Florence, le vendredi 8 mai 1620.

Votre Sainteté le Pape Paul V,

Quand vous officiez à la basilique Saint Pierre de Rome, vous faites référence à des textes révélés il y a très longtemps sur les rives du Jourdain. À cette époque, les habitants se voyaient au centre du monde sur une terre plate, le soleil se levant à l'orient et se couchant à l'occident. Ils voyaient les astres tourner autour de leur espace de vie.

Au siècle dernier, le voyage de Magellan a confirmé que la terre est sphérique. Par contre, le soleil, notre lune et les planètes sont réputés toujours tourner autour de notre terre considérée comme le centre de l'univers, comme évoqué dans les textes bibliques de l'origine.

Aujourd'hui, grâce à de nouveaux progrès techniques, nous avons une meilleure connaissance de l'univers dont la découverte des quatre lunes de Jupiter. Cette brillante planète, ne serait-elle pas alors de la même essence que la terre ? Par déduction, j'en viens à penser qu'au même titre que les lunes tournent autour de leurs planètes respectives, les planètes elles, tourneraient autour du soleil. Cette interprétation de l'univers est encore renforcée par l'observation des phases de Vénus. L'étoile du Berger, comme Mercure, n'est visible de la terre qu'au lever ou au coucher du soleil. Ce pourrait-il que ces deux planètes soient très près du soleil et qu'elles tournent elles aussi autour de lui ? C'est ce que tendrait à prouver l'existence des phases de Vénus, phénomène non explicable en considérant le modèle de l'univers imaginé par nos ancêtres, il y a presque deux millénaires.

Je voudrais attirer votre attention sur un phénomène qui a beaucoup intrigué nos aïeux : le mouvement rétrograde de Mars et les difficultés pour interpréter les mouvements apparents de la planète rouge autour de la terre considérée comme le centre de l'univers. Ils ont dû imaginer que Mars tourne sur un petit cercle, qui lui-même se déplace le long d'un grand cercle autour de la terre. La planète parcourt alors ce qu'on nomme en géométrie un épicycle. Pourquoi Dieu aurait-il créé quelque chose de si complexe, alors que si tout tourne autour du soleil (et les lunes autour de leurs planètes) l'univers est harmonieux et avec des lois simples. Comme par exemple : le temps de rotation des planètes autour du soleil est d'autant plus long qu'elles lui sont éloignées. C'est cette même loi que j'ai découverte pour les lunes de Jupiter.

Si les textes bibliques avaient été révélés au XVIIème siècle, nos contemporains auraient alors écrit que Dieu ayant créé le soleil, Il plaça les planètes en orbite autour de sa lumière et disposa tout autour les étoiles au loin. Ils auraient aussi ajouté qu'au septième jour Dieu plaça l'homme sur la terre, une planète aux conditions idéales pour lui : Mercure et Vénus sont trop proches de l'astre, donc brûlantes, Jupiter et Saturne trop loin et donc trop froides, de plus elles tournent trop lentement autour du soleil (respectivement en 12 et 30 ans). Dieu aurait pu poser l'homme sur Mars, son année vaut deux fois la nôtre.

Concernant Mars, j'ajouterai que l'équipage de Magellan a constaté que la planète leur était apparue tout au long de leur navigation comme s'il l'avait observée depuis la péninsule ibérique, à savoir : un cycle de deux ans, avec une présence dans notre ciel d'un peu plus de 6 mois (depuis une apparition timide le matin, une présence notable la nuit, puis une décroissance et une disparition en soirée). Si Mars tournait autour de la terre en deux ans, ils n'auraient pas fait ces observations aux mêmes dates que celles de leur port d'attache.

Si vous le voulez bien, Votre Sainteté le Pape Paul V, revenons maintenant ensemble sur la façon dont l'homme a mis en écriture la parole que Dieu lui a révélée. Il y a deux mille ans les écritures nous enseignaient (Josué 10, 12-14) : « À la demande de Josué, Dieu arrêta la course du soleil et de la lune ». Aujourd'hui, sur la base de nos nouvelles connaissances scientifiques, on écrirait « Dieu arrêta la rotation de la terre et sa course autour du soleil ». Demain, si d'autres découvertes se font, notre perception de la parole révélée par Dieu prendrait en compte ce nouvel éclairage, mais en aucun cas ne changera le respect que l'homme devra toujours à Dieu.

Si je puis me permettre une vision du futur, je citerai l'invention du savant Leonard de Vinci : la machine volante. Imaginez qu'on la fasse fonctionner dans quelques siècles et qu'on puisse allez visiter d'autres planètes et que de là-bas on puisse voir la terre. Comme les autres planètes, on la verrait tourner autour du soleil. Très Saint Père, veuillez imaginer ce qu'on penserait alors de l'attitude de votre Église d'aujourd'hui refusant d'adapter sa vision de l'univers aux dernières avancées de la science.

Très Saint Père, par la présente, je sollicite très humblement votre compréhension pour la façon dont j'interprète mes récentes découvertes astronomiques. Je vous serais aussi très reconnaissant d'accorder l'imprimatur de l'Église Romaine Catholique à l'ouvrage qui les décrit : Siderus Nuncius.

Veuillez agréer, Votre Sainteté le Pape, l'expression de mes sentiments très respectueux envers votre personne et très religieux envers notre Dieu.

Votre très dévoué serviteur,
Galileo Galilée

Notes de l'auteur :

- La rotation de la terre autour du soleil ne sera prouvée scientifiquement qu'en 1728 par le savant britannique James Bradley grâce à l'explication qu'il donnera de l'aberration de la lumière.
- Treize années plus tard, l'église catholique romaine révisera implicitement les sentences de 1616 et 1633 avec l'imprimatur donné en 1741 aux œuvres de Galilée.
- Le 31 octobre 1992, le pape Jean Paul II reconnaîtra clairement les erreurs de certains théologiens du XVIIème siècle.

Lunettes de Galilée.
(Musée de Physique et d'Histoire
Naturelle de Florence)

La première lunette :
focale de la lentille 1330 mm,
de l'oculaire -94 mm
(grossissement x14)

La seconde lunette :
focale de la lentille 980 mm,
de l'oculaire -47.5 mm
(grossissement x21)

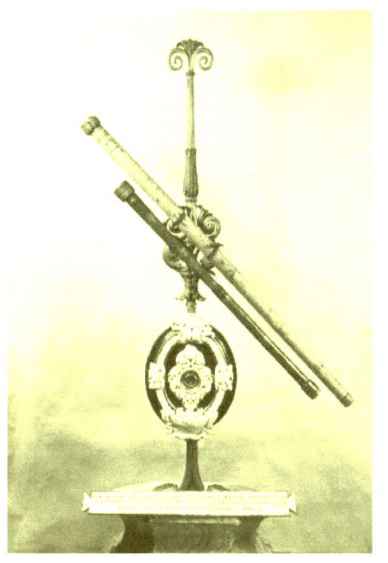

**Lunette astronomique
de l'auteur**
(monture équatoriale)

focale de la lentille 900 mm,
de l'oculaire n°1 -20 mm
(grossissement x45)

de l'oculaire n°2 -4 mm
(grossissement x225)

Webographie

Pour info, un site web pour repérer planètes et constellations :
http://www.stelvision.com/carte du ciel/

Pour simuler la position des lunes galiléennes de Jupiter :
http://www.stelvision.com/astro/observer-jupiter/

Dessins et observations de Galilée

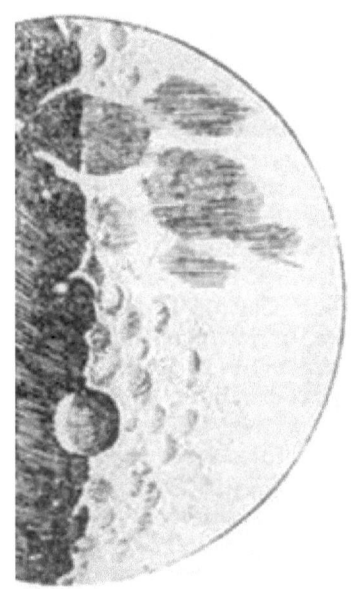

La lune	Phases de la lune
"Sidereus Nuncius" (1610).	dessinées en 1616.

Dessins des phases de Vénus.

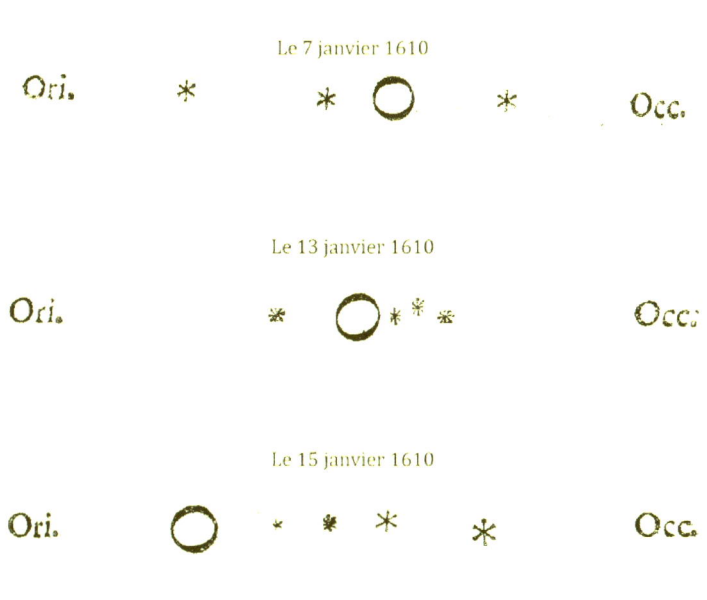

Observations des satellites de Jupiter
publiées dans Sidereus Nuncius

Imprimé en Allemagne
ISBN : 978-2-3222-3336-6
Dépôt légal : 2nd trimestre 2020